# LES
# MOYENS

tref-vtilles & neceffaires,
pour rendre le monde paifi-
ble & faire en brief reuenir
le Bon-temps.

# A PARIS

Pour Anthoine du Brueil
le ieune.

3

# LES MOYENS TRESV-
tilles & neceſſaires, pour rendre le
monde paiſible & faire reuenir le bon temps.

Vand vous verrez aux femmes faire
Tout ce que leur maris voudront
Et que plus n'yront au contraire
De cela qu'ils commanderont,
Bien toſt verrez en vn mot rond
Le bon temps engreſſer ſes bottes
Pour venir d'aual ou d'amont,
Gardez de luy fermer vos portes.

    Quand yurongnes hayront le vin,
Les iambons ſalez, & ſaulciſſes,
Bon temps verrez lors par chemin,
Fourré d'aigneaux blancs ou letices:
Car pource, ne ſoyez nouices,
De le tencer ſi vient trop tard
Le bon homme a mal aux cuiſſes
D'auoir trop beu du vin baſtard.

    Quand petits enfans n'auront cure
De chaſtaignes, figues & noix,
Si bon temps à bonne monture
Il viendra deuant des ans trois:

Pour ce mettez tremper des pois,
Pour luy faire de la purée
Car il viendra comme ie crois
Sa salade est ia escurée.

    Aussi tost que verrez les lieures
Courir apres les chiens par voye
Les choux aussi menger les cheures
Et les perdrix oyseaux de proye
S'il n'y a faute de monnoye
Par force d'emprunt ou de tailles
Bon temps verrez s'il ne souruoye
    Armé de flacons & bouteilles.

    Quand vous verrez manger aux pois
Les ramiers, aussi les pigeons
Et les febues aucunes fois
La truye auec ses cochons,
Les ha>es auec les buyssons
Dancer le trihory ensemble
Et les chats pescher des poissons
Le bon temps aurez ce me semble

    Si gens de court payent deux fois
Leurs hostes aussi leurs hostesses
A Paris Dijon, ou à Troys,
Au moins si ce n'est de promesses
Mais que ne voyez plus aux messes
Tant de pauures gens demander
Et qu'on ne branlle plus de fesses
Bon temps viendra sans retarder.

    Quand vous verrez que les sergents

Seront fidelles & loyaux
Bien toſt verrez venir bon temps
Houſſé, botté par ces ruiſſeaux
A pied par faute de cheuanx
Tant ſera haſté de venir
Faiɛtes luy faire des gaſteaux
Afin de le mieux retenir.

   Regardez bien d'ou le vent vient
Quand il gelle, & qui fait grand chaut
Car c'eſt ſigne que bon temps vient
De quelque coſté bas ou haut
Et que receuoir le vous faut
En honneur & magnificence
Car s'y n'y a d'argent deffaut
Nous l'aurons tantoſt en preſence.

   Quand vous verrez qu'vn coq prendra
Vn renard ou vne renarde
C'eſt ſigne que bon temps viendra
De brief donnez vous en bien garde
Ayez lors voſtre hallebarde
Toute pollie & accouſtree,
Vous ſerez de ſon auant-garde
Le iour qu'il fera ſon entree.

   Quand ieunes filles de quinze ans
Ne voudront point qu'on les marie,
Et que femme qui bat enfans
Ne cryra point s'ell'eſt marrie,
Si la maiſon eſt bien ſeruie
Vous yerrez bon temps arriuer,

Pour-ce vous dy que nul n'oublie
Que mettre les poulles couuer.
　Quand il n'y aura plus en cloiſtre,
Filles, garces, ne chambrieres,
Par cela pourrez vous cognoiſtre,
Le bon temps eſtre en vos barrieres.
Appreſtez toſt vos eſtriuieres
Vos eſperons, & vos houzeaux
Car s'il ne demeure és carrieres
Bien pourrez brider vos cheuaux.
　Il viendra ie m'y attens bien,
Long temps y a que ie l'attens
Quand ce ſera, ie n'en ſçay rien
Afin d'euiter tous contents
Ie n'oſe iuger de cela
Car de vous bien cotter le temps
De peur que ſoyez malcontens
Si i'en ments deça ou delà.
　Ie ſçay bien mais qu'il ne ſoit plus
De meſchans pillars par les champs,
Et que gens-d'armes ſoient reclus
Et moynes ne courrent aux champs,
Et que verrez tous ces marchands
Ne vendre plus rien à vſure,
Que bon temps viendra ſur les rangs
S'il n'a grand faute de monture.
　Quand vous verrez que les pouſſins,
Les coqs, les poulles, & chappons
Mengeront cheuaux & rouſſins

Et les gens-darmes : ie respons
Si bon temps peut passer les ponts,
Qu'il viendra d'abac, ou d'aboc
De deça, ou delà les monts
Tout cornu de trippes de coq.

  Quand les Lombards ne seront plus
 Chiches, auares, ialoux, couards,
Ne vous enquerez du sur-plus
Bon temps viendra de toute parts
 Mettez appoint vos estendarts
Soudain & allez au deuant
Car iamais ne vistes tant d'arcs
Que chacun mettra en auant.

  quand les boiteux iront tout droict
Ou les auéugles clair voirront
Si les bossus ont le corps droict
Et les muets verront parler
Et qu'aux sours verrez calculer
Tout ce que les muets diront
Bon temps viendra sans reculer
Pourueu qu'on ne l'empesche au pont.

  quand vous verrez que les bragardes,
Ne voudront plus d'habits nouueaux
 qu'inuentent vn tas de coquardes
De chaines, bagues, & ioyaux
Que leurs coquus plus lours que veaux
Permettent nuict & iour porter
Ainsi comme vrays maquereaux
Le bon temps vous verrez trotter.

Mais que voyez que les curez
Deffendent d'aller à l'offrande
Porter vos doubles & deniez
Voire fur peine de l'amande
Et d'autre part, mais que l'on pende
Tous larrons priuez & eftranges
Bon temps verrez quoy qu'il attende
Accourir au trauers des fenges.

Si vous voyez courir les fleuues
Et les riuieres encontremont
Bon temps viendra comme ie treuues
Au moins fi le paué ne font
Au Soleil pour le grand chaud qu'ont
Les carreaux quand il gelle fort
En vuer pour le vent d'amont
Qui nous eft vn grand reconfort

Gardez de vous defefperer
Ie vous aduerty qu'il viendra
Il ne fçauroit plus differer
Au moins qu'il ne le retiendra
Parquoy il eft temps qui voudra
Aller au deuant qu'il fe botte
Car bien a grand peine il viendra
A temps, pourueu qu'il vienne en pofte

Croyez d'vn cas, fi bon temps vient,
Qu'il viendra & s'il ne vient point
Si d'auanture on le retient
Ie croy bien qu'il ne viendra point.
Il n'y aura faute d'vn poinct

Et

Et croyez ce que ie vous dy,
Car il vient tout nud en pour-poinct
Nous l'aurons icy famedy.

   Quand vous verrez les boulengers
Donner tout leur pain au commun,
Pareillement les tauerniers
Donner leur vin à vn chacun,
Si bon temps à temps importun
Et que perfonne ne l'empefche,
Il viendra de Bloys ou de Mun:
Mais qu'il puiffe auoir fa depefche.

   Mais que vous voyez aux chardons
Manger les Afnes & cheuaux,
Et qu'on nous donne les moutons
Sans bailler argent monts & vaux
Si les bouchers donne leurs veaux
A la boucherie & leur chair,
Et les cordonniers leurs houfeaux:
Le bon temps verrez approcher.

   Mais qu'il n'y ait nul glorieux
Autour des Princes, ny en Court,
Ny plus d'vfuriers curieux
D'amaffer en ville, & en bourg:
Ie vous dy pour le faire court
Que le bon temps verrez en France
Veftu: tantoft long, puis de court
Mettre chacun hors de fouffrance,

   Quand vous verrez fans baucrie
Vn Picard accouftré en dueil,

Et vn Normand sans flatterie
Vn riche François sans orgueil,
Vn Allemant de bon accueil
Vn Breton sans estre larron,
Ie vous dy qu'en moins d'vn clin d'œil
Qu'au pres de nous bon temps verron.

Ne douttez rien que de la mort
qui fera paix vniuerselle
Soit en France ou en autre port
Ou il ny ait plus de querelle
Pour tout certain ie vous reuelle
Que bon temps verrez accourir
A tout sa grand dogue a roüelle:
Sans qu'il faille l'aller querir.

S'il vient a pied soyez tous seurs
Qu il ne viendra pas a cheual,
Lors que verrez escornifleurs
Qui auront faute de metal
Talonner dessus vn estal
En attendant que bon temps vienne,
Et puis coucher a l'ospital
Au moins mais qu'on les y soustienne.

Lors que verrez que les malades
Seront tous sains, & que les morts
Feront les sauts & les gambades
Sans auoir ames en leurs corps,
Et que les loups seront accords
Auec les chiens, & les aigneaux
Lors verrez venir de la hors

Bon temps tout botté sans houseaux:
  Lors que vous verrez vne enclume
En la forge d'vn mareschal
Sauter en l'air comme vne plume
Ou que la crigne d'vn cheual,
Regardez d'amont ou d'aual,
Et que sans soufler le vent vente
Ie souſtiens pour propos final
que bon temps vient s'il ne s'abſente.
  Si vous voyez aux papillons
Deſcrotter chez les mareſchaux
Tant à Paris comme à Chalons
Les enclumes & les marteaux
Faictes aguiſer vos couſteaux
Et courez a bride aualee
A beau pied deſſus vos cheuaux
Bon temps verrez en la vallee.
  quand il n'y aura plus de crottes
En Paris pres de petit pont
Et qu'il ne ſera plus de ſottes
Ou que Seine ira contremont
Regardez tout ſoudain ou ſont
Vos eſperons, brides, & ſelles
Bon temps viendra en vn mot rond
A pied s'il n'a plumes & aiſles.
  Alors que vous verrez qu'vn verre
Rompra vne enclume ou mortier
Et qui plus eſt, qu'vn pot de terre
Par pieces demoura entier

Croyez ſi Martin ou Gautier
N'empeſche bon temps de venir,
Vous l'aurez en voſtre quartier,
Comme le veux bien maintenir.
   quand vous verrez que les tigneux
Seront ioyeux qu'on les deſſulle
Et ceux qui ont le cul rongneux
Appetteront qu'on les bacculle
Ie vous dy mais que bien calcule
Les gouuerneurs de ſes batailles
Armez de lance qui recule
De barils flaccons & bouteilles.
   Mais qu'on ne face plus cela
que vous ſcauez & que i'entends
Regardez deça ou delà
Vous verrez venir le bon temps
A tout cent mille eſcus contents
Leſquels par prudence & ſageſſe
Il ietteza pour paſſe temps,
A plaint poinct monſtrant ſa largeſſe.
   Trouuez vous y ſi vous voulez
Ie m'y trouueray de ma part
Car ſi vous vous en reculez
Vous n'en aurez ny tiers ny quart,
Car bon temps n'eſt point ſi coquard
D'aller iuſques en vos maiſons
Pour le vous porter à l'eſcard
Iuſques aupres de vos tiſons.
   Mais que vous voyez les perdrix

Couuer en le nid d'vn faucon
Cependant qu'il a des petits
Pour aussi certain qu'vn Gascon
Appelle vn pourceau vn bacon
Bon temps viendra sans faute nulle
Pourueu de vin dans maint flacon
 A pied sans cheual & sans mulle.

 Si vous trouuez vn coing de beurre
Au matin quand vous leuerez
Au nid d'vn chien dedans le feure
Lequel tout entier vous sçaurez
Si le cul deuant vous leuez
 I'ose bien dire, & maintenir
que pourueu que vous ne resuez
Vous verrez le bon temps venir.

 Mais que vous voyez vn oyson
Porter en son bec vn renard
Et vn aigneau en la taison
Estrangler vn loup sur le tard
Si vous n'estes par trop fetard
Et que ny vouliez prendre peine
Le bon temps verrez en bragard
Venir en Pompe souueraine.

 Mais que ne voyez plus tancer
Les maistresses leurs chambrieres.
Vous pouuez bien à lors penser
que bon temps est pres des barrieres
Faictes escurer vos chaudieres
Vos landiers, & broches à rost

Car bon temps auec ces bannieres
Pour vray arriuera bien toſt.

   Quand vous verrez faire aux ſouris
Leurs nids és aureilles des chats
Soit à Rouën, ou à Paris,
Bien pourrez aller aux pourchats
Et faire de chappons amas,
De connins & de venaiſon
Car bon temps viendra pas à pas
A ſouper en voſtre maiſon.

   Si vous voyez par temps de guerre
Que les merciers donnent leurs pignes,
Le bon temps viendra à grand erre
Et deuſt-il venir par les vignes
La raiſon : car ce ſont tous ſignes
Que i'ay alleguez cy-deuant
Que bon temps vient ſans faire mines
Pourueu qu'il ſoit encor' viuant.

   Si les Lombards portent en France
Aucun profit, alors verrez
Le bon temps mis hors de ſouffrance
Chanter à plaiſir comme oyrez
Faictes luy place & vous ſerrez
Car il fera ſauls, & pennades,
Point ne faut que le rembarriez
Quand il fera ſes algarades.

   Quand vous verrez gens ſouffreteux
Auoir d'or & d'argent plain bourſe,
Et que les pauures marmiteux

Auront escus a plaine source:
Pour Dieu chacun ne se courrouce,
Bon temps viendra soit froid ou chaud,
Plus emplumé que barbe rousse:
Car il l'a promis a Michaut.
  Mais que vous ne voyez plus faire
D'vn procez quatre, cinq, ou six,
le vous dis & si vous declaire
Que verrez deuant des iours dix,
Bon temps venir de sens rassis,
Chassant vn tas de vieilles gaupes
qui ont fait milles circuncis
D'aguet comme vn preneur de taupes.
  Quand Gascons ne iureront plus
Cappes de biou auray hilot
Tenez vous pour tous resolus
que bon temps vient le grand galot
Accoustré en godin fallot
Plus fringuant & esperlucat
Et cent fois plus gay que Perrot
Ou le valet d'vn aduocat.
  Il viendra en magnificence
Auec flacons, barils, bouteilles,
Et gros iambons comme ie pense
Et mettra ius & bas les tailles
Guerres querelles & batailles
Et fera pendre ces meschants
qui rompent portes & murailles
Et tourmentent les pauures gens.

Mais qu'il n'y ait plus de procés
En la grand Cour de Parlement
Et que tout chacun ait accés
D'estre escouté en iugement
Il viendra dessus sa iument
Guestré, housé, esperonné
A son beau pied tout sagement
D'vn sep de vigne couronné.

Mais que nous n'ayons plus en France
De ialoux, coqus, ne Batards
Bon temps sera hors de souffrance
Et deployra ces estendarts
Accompagné de ses soldats
que bon temps reprendra sa place
A beau pied sur des traquenards
A cheual sur vne lymace.

Pour euiter que soyez pris
Et surpris quand bon temps viendra
Icy i'ay les signes compris
qui viendront garde qui voudra
Pour-ce qu'hostelerie tiendra
Auoir luy faut auoine & paille
Il payera tout ce qu'il prendra
Tout court sans rabattre vne maille.

*Ie vous ay dict les vrays moyens*
*De faire venir le Bon-tems.*

F I N.